Klack

Cigogne d'Alsace

par Nett

Illustrations de Lisbeth

Berger-Levrault
Nancy, Paris, Strasbourg

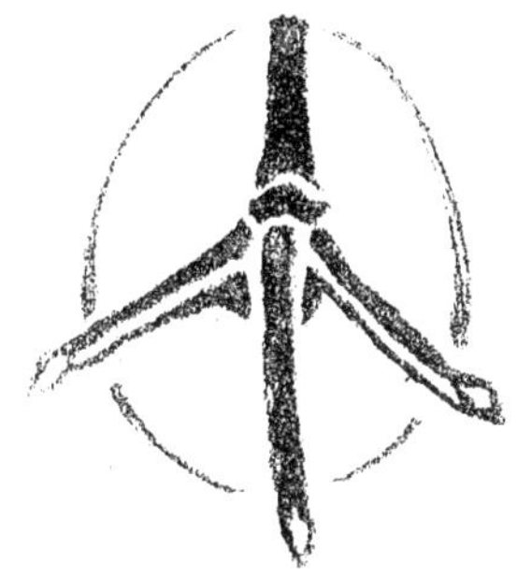

par Nett

Illustrations de Lisbeth

Berger-Levrault, Libraires-Éditeurs. Nancy, Paris, Strasbourg

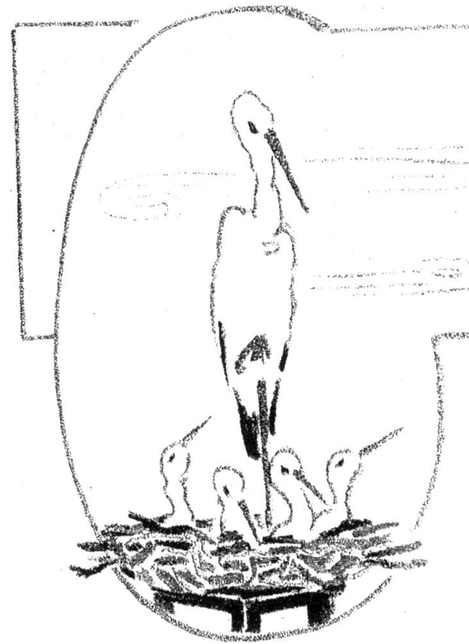

L'Enfance de Klack

C'était un beau matin de mai, il y a quelques années, dans un grand nid de cigognes, au beau pays d'Alsace, quatre petits cigognots venaient de naître !

Ils étaient bien drôles, avec leurs becs roses et leurs membres duveteux qui s'agitaient dans le nid tiède !

Klack, le héros de cette histoire, était, des quatre nouveau-nés, le plus joli, le plus éveillé. Curieusement, il regardait ses petits frères : Klickla, Klockli, Klicklo, sa bonne maman cigogne qui s'appelait Klackla, et papa Klock.

La petite famille profitait à vue d'œil. Klack, qui avait déjà des goûts artistiques, aimait beaucoup à contempler du haut du grand nid le ravissant paysage : au loin, la ligne bleue des Vosges, la grande route plantée d'arbres et qui mène au village voisin.

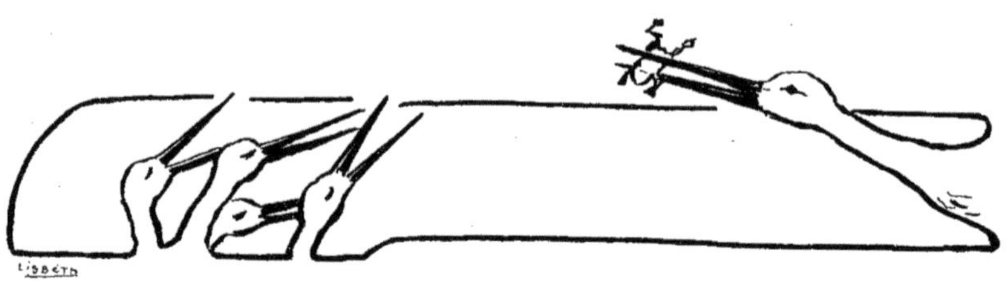

Ce fut une vie délicieuse pour les petits cigognots. La chère maman Klackla était toute fière de ses petits, et papa Klock déclarait ne trouver jamais d'assez belles grenouilles ou d'assez délicats petits vers pour ses quatre amours d'enfants !

Hélas ! Un matin papa cigogne, parti, comme à l'habitude, pour chercher le déjeuner des petits mignons, ne revint pas. Maman Klackla, anxieuse, regardait l'horizon... Déjà trois heures que le cher époux était parti ! Pour faire prendre patience aux petits, elle alla chercher un poisson dans la rivière voisine. Et, tandis que les insouciants cigognots se disputaient à plaisir le plus gros morceau, maman cigogne, perchée sur une patte, interrogeait à nouveau le ciel. Le temps s'écoulait toujours sans ramener papa Klock. La pauvre Klackla, tout à fait inquiète, résolut de partir à la recherche de son mari. — « Mes enfants, dit-elle aux cigognots, restez bien sages, toi surtout, Klack, l'aîné de tes petits frères auxquels tu dois donner le bon exemple. Je vais à la rencontre de votre papa et j'espère que nous reviendrons bientôt tous les deux avec un bon dîner pour vous. » Les petits claquèrent leurs becs roses en signe de gourmandise, puis se pelotonnèrent les uns contre les autres pour dormir. Maman Klackla raidit ses pattes, écarta ses belles ailes, allongea le cou et prit son vol...

Lorsque les petits s'éveillèrent, maman cigogne n'était pas

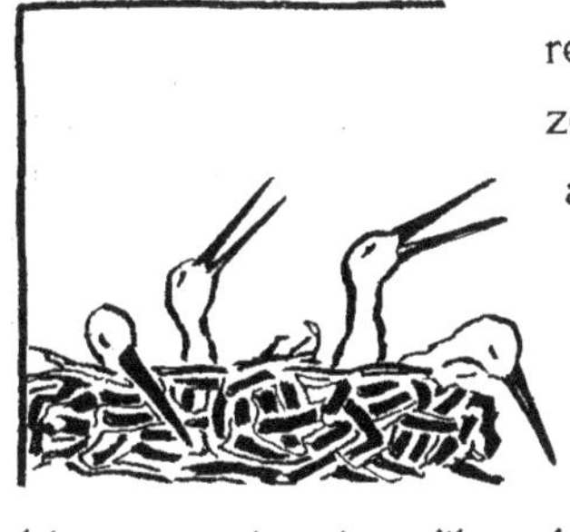

revenue et le soleil descendait à l'horizon... Klickla, qui avait faim, bâilla en agitant ses petites ailes. Klockli et Klicklo se prirent à deviser sur le beau dîner promis. Klack, lui, pensait que maman et papa étaient bien longs à revenir et il était inquiet, car il les aimait bien et craignait qu'il ne leur soit arrivé quelque mal.

La nuit vint. Les quatre cigognots prirent le parti de dormir, espérant se réveiller sous les ailes chaudes de leurs bons parents.

Hélas ! le lendemain se passa comme la veille. Les petits affamés étaient de plus en plus désolés. Klockli, Klickla gémissaient et Klicklo, penché au bord du nid, regardait attentivement une petite chose verte qui remuait au bord du toit. Il assurait à Klack que c'était une grenouille, mais Klack savait bien que c'était tout simplement une feuille de la vigne qui décorait la façade de la maison et qui grimpait à l'assaut du toit ! La nuit suivante se passa et le lendemain aussi..... Ni maman Klackla ni papa Klock n'étaient de retour et, dans le grand nid, Klickla, Klockli et Klicklo étaient morts de faim...

Le petit Klack, plus vigoureux, seul vivait, bien triste, bien faible. Il pensait que bientôt il mourrait comme ses petits frères. Alors il voulut une dernière fois regarder au loin si maman et papa n'allaient pas enfin revenir.

Il rassembla ses forces, se souleva sur ses petites pattes et fixa longuement le beau ciel bleu ; puis, épuisé par l'effort, il perdit l'équilibre et tomba du nid...

Comme c'était jeudi et qu'il faisait beau, le petit Hans Nickel, gentil garçonnet d'une douzaine d'années, sortait de la maison pour aller s'amuser avec ses petits camarades.

Il allait, le nez au vent, faisant cliqueter des billes dans ses poches et sifflant gaiement " D'r Hans im Schnockeloch ". Comme il longeait la barrière verte qui clôture le jardinet de la maison, Hans soudain s'arrêta... Une petite cigogne gisait par terre..., c'était notre Klack. Du coup, Hans oublia chanson et partie de billes ; il se pencha sur le cigognot inerte et appela : " Maman ! maman ! viens vite voir ! " Maman Nickel sortit bien vite de la maison et accourut... Deux minutes après, tous étaient réunis dans la cuisine, et maman Nickel avait sur ses genoux la petite cigogne qui revenait lentement à la vie, ouvrant les yeux et claquant doucement du bec. Puis on lui donna à manger, on banda ses mignonnes pattes meurtries et Klack s'endormit, rêvant que maman Klackla et papa Klock étaient revenus...

Dans la maison Nickel, Klack vécut d'heureux jours ; aussi, lorsque les premiers froids se firent sentir, ne voulut-il pas quitter ses chers bienfaiteurs : c'eût été pour lui la pire ingratitude envers les bons Nickel, qu'il aimait tant !

Petit Hans, pour que Klack n'eût pas froid, lui mit sur le dos ses vestes les plus douillettes ; maman Nickel lui prépara un petit dodo au coin du grand poêle... et au printemps, Klack, qui était devenu une jolie cigogne, pleine de force et de santé, essaya ses jeunes ailes. Le jour où il fit son premier vol, il ne resta pas longtemps absent, afin que les bons Nickel ne croient pas que leur petite cigogne les abandonne... Ce soir-là, notre Klack revint bien triste, car sa première visite avait été pour le nid de famille, et il songeait à ses frères péris si lamentablement, à son père, à sa mère disparus.

Les Révélations de Frœschele

Le lendemain, Klack s'enhardit. Quittant son village natal, il partit à tire-d'aile dans la direction que l'infortunée maman Klackla avait prise il y avait bientôt un an.

Notre ami passa au-dessus de plusieurs hameaux. Ivre d'air pur, Klack allait toujours ; comme il faisait bon, ce doux matin de mai ! Bientôt Klack plana sur une grande forêt. Alors, un peu las, il ralentit son vol et descendit près d'un marais, à la lisière même de la forêt.

A l'approche de notre cigogne, une foule de grenouilles plongèrent dans l'eau avec de bruyants floc ! floc ! Klack, gourmand et amusé, s'approcha du bord et saisit au passage une des fuyardes.

— Côa, côa, lâche-moi ! implora la grenouille.

— Par exemple ! s'écria Klack, plus souvent que je laisserais échapper un joli morceau de grenouille comme toi ! Il faudrait que je ne sois pas Klack, digne fils de madame Klackla et de monsieur Klock, cigognes d'Ixheim !

Le gourmand avait parlé trop vite ; sa victime réussit à quitter le bec rose qui l'étouffait et, le cœur battant, une patte cassée, alla s'abattre sur une feuille de nénuphar.

— Écoute, cria-t-elle éperdue à Klack qui avançait rapidement son bec, si tu es le petit Klack, épargne-moi, car je puis te dire comment sont morts tes parents.

Klack resta le bec ouvert de stupéfaction, et, assurant la grenouille qu'il lui laisserait la vie sauve, l'invita à parler. Alors, Frœschele commença :

— Tu sais que dans tous les villages, comme dans toute l'Alsace, il y a depuis quarante ans des Prussiens, c'est-à-dire des barbares, des vilaines gens... Dans ton village, — je le sais par une grenouille de mes amies, — ils ne sont pas très nombreux : deux ou trois familles, l'instituteur et le gendarme. Il est beau, le gendarme : il est vert comme moi, vert aussi comme l'excursionniste qui vient visiter notre pittoresque Alsace !

Ici, la bavarde grenouille se mit à rire, en ouvrant bien grande sa large bouche ! Klack, impatienté, claqua du bec, et Frœschele se hâta de continuer :

— C'était l'été dernier, à la fin du mois de juillet, des Prussiens, c'étaient des chasseurs (toujours verts), vinrent poser des œufs au bord de cet étang. Ces jolis œufs devaient bien tenter les cigognes, car c'étaient elles que les chasseurs voulaient tuer, et je les entendais bien se réjouir du résultat de leur chasse ! Nous autres, grenouilles, n'avons jamais été très amies avec les gens de votre espèce. Cependant, le procédé des chasseurs prussiens nous dégoûtait, et nous aurions bien voulu que les cigognes ne s'y laissent pas prendre.

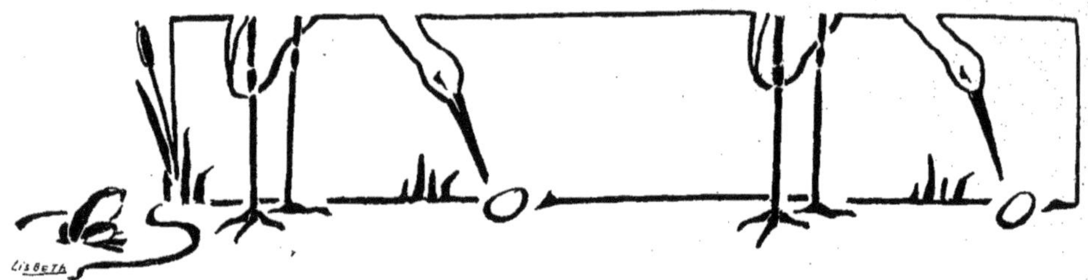

C'est alors qu'un beau matin ton père arriva. Avant même que nous ayons pu l'avertir du danger, il dégustait un des beaux œufs, se réjouissant sans doute de vous en apporter. Quand il eut fini, il fut pris d'une soif extraordinaire et, s'approchant du marais, il but, il but, il but ; puis, soudain, il s'affaissa, il était mort...

Klack pleurait ; la grenouille, émue, continua :

— Quelques heures après, ta mère vint, elle ne vit pas ton père couché non loin, dans les roseaux. Ayant, comme lui, découvert les œufs, elle ne résista pas au plaisir d'en absorber un. Nous avions beau coasser : " Laisse ça, laisse ça ", elle n'écoutait pas ; et, quand elle eut terminé son repas, elle aussi eut soif et vint boire. Puis, terrassée comme ton père par le poison que les Prussiens avaient mis dans les œufs, elle alla s'abattre à quelque distance du pauvre Klock. Ce ne fut que quelques jours après, que des paysans alsaciens, passant par là, découvrirent les deux pauvres cigognes.

Klack et Frœschele pleuraient tous les deux. Klack le premier se calma et dit :

— J'ignorais toutes ces choses, car j'étais bien petit lorsqu'elles se passèrent, et les Nickel ne m'ont rien dit, sans doute pour ne pas me faire de peine. Merci, Frœschele, je n'aurai maintenant qu'un but en ce monde : venger mes parents et mes petits frères.

La Guerre !

Quelques années se passèrent, années de calme et de tranquille bonheur pour Klack qui ne quittait pas les Nickel, et qui s'était d'ailleurs merveilleusement acclimaté aux rudes froids des hivers alsaciens.

C'est ainsi qu'arriva l'année 1914. Par un beau soir de la fin de juillet, nous retrouvons Klack perché sur une patte, près de la petite rivière qui court derrière le village. Il rêvait, notre Klack, les yeux mi-clos, un peu engourdi par la chaleur ; il rêvait si bien qu'il n'entendit pas venir le petit Hans Nickel.

— Cigogne, ma petite cigogne, nous allons avoir la guerre.

La cigogne se redressa, un frémissement secoua ses ailes, ses yeux s'ouvrirent tout grands !

— Tu me comprends, n'est-ce pas, disait petit Hans en passant ses bras autour du cou de Klack, qui claquetait nerveusement laklak, laklak, laklak. Et Hans reprenait :

— Tu comprends, cigogne, on va battre les Prussiens et nous serons Français ! Quel bonheur !

Klack, qui partageait cette espérance, sautillait d'aise sur ses longues pattes !

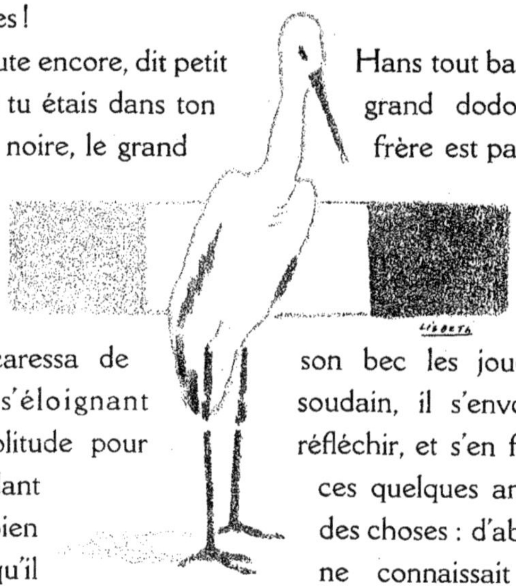

— Écoute encore, dit petit Hans tout bas : avant-hier, pendant que tu étais dans ton grand dodo, lorsque la nuit fut bien noire, le grand frère est parti pour aller en France, pour ne pas être soldat allemand, et beaucoup d'Alsaciens du village l'ont suivi.

Klack caressa de son bec les joues roses de Hans et, s'éloignant soudain, il s'envola. Il avait besoin de solitude pour réfléchir, et s'en fut dans son nid... Pendant ces quelques années, Klack avait appris bien des choses : d'abord, à aimer la France, qu'il ne connaissait pas, mais dont papa Nickel, à la veillée, parlait avec tant d'amour. Il savait que jadis l'Alsace était française, c'est-à-dire libre et heureuse, et que, depuis la guerre de 1870, les Allemands faisaient subir toutes sortes de vexations aux braves Alsaciens, qui restaient si fièrement Français de cœur.

Sur toutes ces choses Klack méditait profondément. En bas, dans les rues du village, régnait une grande animation : le tambour battait, les Prussiens du village parlaient haut avec des airs arrogants.

Cependant, Klack avait pris une décision, et, à tire-d'aile, il s'en fut tout droit à la grande forêt. Parvenu au bord du marais où nous l'avons déjà vu

dans le précédent chapitre, il appela joyeusement :

— Frœschele ! Frœschele !

Alors que toutes les autres grenouilles s'enfuyaient, épouvantées à la vue de Klack, une d'entre elles, sortant de son profond séjour, s'approcha de notre ami. C'était Frœschele.

— Bonjour Klack ! quelle figure as-tu donc ? on dirait que tu as réussi à tuer tous les chasseurs de la grande Allemagne !

— Pas encore, Frœschele, mais cela viendra. Je pars, ajouta Klack plus grave, je vais en France. Mais au fait, tu ne sais pas. Si tu voyais le village ! tout le monde est en émoi ! On a proclamé l'état de siège, car la guerre va éclater entre la France et l'Allemagne.

— Et c'est pourquoi tu vas en France ? Mon petit, si j'étais toi, j'irais en Amérique !

— Ils t'ont donc germanisée, les Allemands, s'écria Klack indigné, pour que tu ne comprennes pas que, de tout mon pouvoir, je

dois aider la France à vaincre ses ennemis qui sont les miens et ceux de toute l'Alsace !

Frœschele, honteuse, coassa doucement :

— Te fâche pas, Klack, après tout, tu as raison. Va, et bonne chance !

— Merci, Frœschele, après la guerre je reviendrai, et j'espère que tu auras un peu plus de bon sens quand tu seras Française !

Le jour fixé par Klack pour son départ arriva.

Dans la soirée, il fit ses adieux aux Nickel. Quand je dis qu'il fit ses adieux, je veux dire qu'il leur fit mille caresses. Car les Nickel, ne comprenant pas son langage de cigogne, ne se doutaient nullement de son départ.

Comme les heures de cette journée passèrent vite !... La nuit tombait tout à fait... Au lieu de gagner son nid, Klack alla dans le jardin ; au pied d'un rosier il s'arrêta... C'était à cette place que les Nickel avaient enterré ses petits frères. Pieusement, notre ami détachant un pétale de rose, le glissa entre deux plumes sous son aile, voulant le garder comme un cher souvenir.

Dans le ciel, les étoiles s'allumaient par milliers. C'était le moment choisi par Klack. Après un dernier regard au jardinet, à la maison Nickel, au nid, à tout le village, Klack prit son vol vers l'ouest : vers la FRANCE !!!

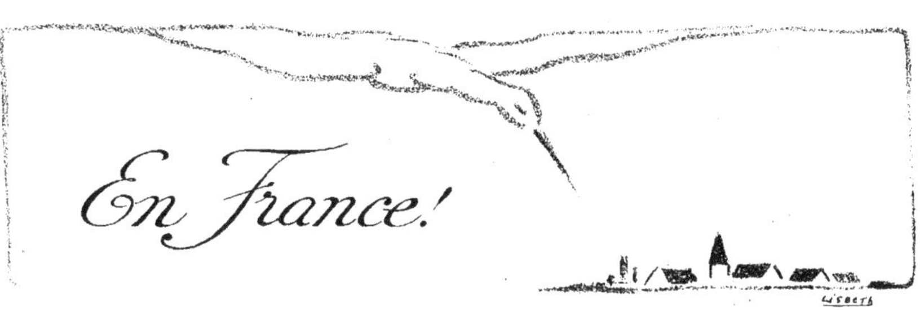

En France!

Toute la nuit, notre cigogne vola au-dessus de l'Alsace. D'abord elle perçut un bruit lointain, qui peu à peu se rapprochait: Broum, boum, broum: c'était le canon! Au loin, bien en dessous de lui, Klack apercevait des lueurs rougeâtres, il planait à une très grande hauteur. C'est ainsi qu'à l'aube, il passa au-dessus des lignes allemandes, puis gagna le ballon d'Alsace.

Sur les pentes du versant français il atterrit; il se trouvait au milieu d'une forêt que la canonnade ennemie n'avait pas encore atteinte; alors, notre Klack, exténué, alla se percher sur les hautes branches d'un arbre, afin de prendre quelque repos! Bientôt il s'endormit, et le tonnerre du canon ne fut plus dans son rêve que le murmure de la petite rivière qui chantait derrière le jardin des Nickel, et le tac-tac de nos mitrailleuses devenait les douces voix de maman Klackla et de papa Klock et des trois petits frères qui disaient: " C'est bien, Klack, venge-nous, et vive la France! "

Lorsque Klack s'éveilla, la canonnade avait diminué d'intensité. Un petit oiseau hasardait même une ritournelle dans l'arbre voisin. Klack l'interrogea:

Petit Français, dis-moi, les soldats qui

sont ici portent bien le pantalon rouge, la veste bleue et le joli képi ?

Le pinson secoua la tête :

— Que non, bel oiseau, ils sont tout bleu sombre, avec un béret sur la tête. Ils sont bien gentils et perchent dans les arbres, comme toi et moi !

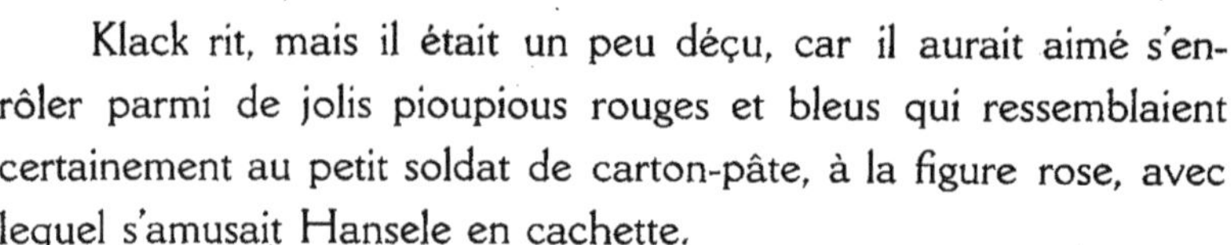

Klack rit, mais il était un peu déçu, car il aurait aimé s'enrôler parmi de jolis pioupious rouges et bleus qui ressemblaient certainement au petit soldat de carton-pâte, à la figure rose, avec lequel s'amusait Hansele en cachette.

Klack remerciait le pinson de ses aimables renseignements, lorsqu'un bruit de pas cadencé se fit entendre au bout du chemin qui montait la pente entre les arbres, tout près de notre cigogne : c'était une patrouille de chasseurs alpins. Sans hésiter, Klack, quittant son perchoir, descendit dans le sentier, et alla gracieusement à la rencontre de nos soldats ! Inutile de dire l'étonnement et la joie des bons Alpins. Ils firent fête à notre Klack qui voletait et sautillait auprès d'eux, et, quelque temps après, ils le conduisaient à leur capitaine.

C'est ainsi que Klack, adopté par la compagnie, partagea la vie mouvementée de nos Alpins : il allait partout, sans souci du danger, aimé de tous, tant il était aimable et fidèle.

Mais ce n'était pas ainsi que Klack pensait servir la France ! Aussi, au bout de peu de temps, devint-il triste et songeur.

— A quoi penses-tu, ma vieille ? lui faisait familièrement le capitaine, alors qu'un soir Klack était allé se placer près de lui dans la cagna ; on dirait que tu t'ennuies ?

Pour toute réponse, Klack hocha mélancoliquement son bec rouge. Enfin, un certain jour, les Alpins eurent une idée géniale ; idée, qui, soumise au capitaine, reçut une enthousiaste approbation. Il s'agissait de se servir de Klack comme d'un grand pigeon voyageur. Klack, devenant en quelque sorte agent de liaison, porterait sous son aile les plis secrets, les instructions à porter à d'autres sections alpines, détachées dans les Vosges.

La première expérience prouva à tous que Klack était une cigogne merveilleusement intelligente et bien digne de remplir des missions de confiance.

Les Petits Réfugiés

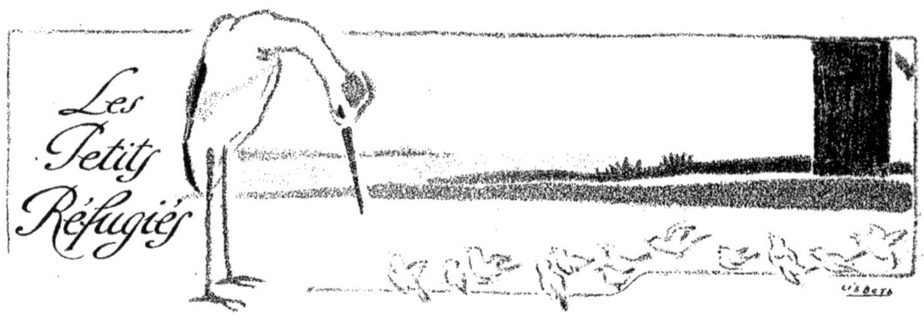

Une après-midi, Klack, regagnant nos lignes en Alsace reconquise, allait, selon son habitude, à tire-d'aile sans s'arrêter. Cependant, un moment donné, comme la campagne était calme, Klack descendit, planant plus près de terre. Au-dessous de lui, une grande route déroulait son pâle ruban. Sur cette route Klack vit soudain s'abattre une foule d'oiseaux ; très intrigué, il descendit en vol plané vers cette étrange colonie. Ils étaient là, une trentaine de toute espèce. Tous manifestaient un grand effroi qui leur faisait oublier la lassitude trahie par leur boitillement et leurs ailes pendantes. Déjà Klack s'adressait à un merle qui tenait la tête de la bande :

— Que faites-vous là, mes petits, et n'avez-vous donc plus la force de voler ?

— Si vous saviez !

Et voilà tous nos oiseaux, à la fois, racontant leur odyssée : la forêt qu'ils occupaient souffrait beaucoup du bombardement ennemi ; impossible d'y rester, les arbres volaient en éclats, beaucoup de pauvres oiseaux avaient péri, eux seuls avaient réussi à se sauver.

— Et, conclut le merle, parlant plus fort que les autres, il y a

des heures et des heures que nous fuyons, mais nous n'en pouvons plus. Tout à l'heure encore, nous n'avons échappé qu'avec peine à un méchant chat errant, qui voulait tous nous croquer, et, tenez, le voici...

En effet, un chat maigre s'avançait à toute vitesse, en poussant de furieux miaulis. Dans le rang des oiseaux, il y eut une folle panique. Klack donna un bon coup de bec sur le dos du chat, qui s'arrêta net.

— Toi, d'abord, laisse ces pauvres petits émigrés tranquilles. N'as-tu pas honte !... Est-ce ainsi que tu comprends l'union sacrée qui doit régner entre tous les Français pendant cette guerre ?

Minou allégua comme excuse la faim qui le tenaillait depuis plusieurs jours.

— Écoute, répondit Klack, hisse-toi sur mon dos, et je tâcherai de te porter à l'arrière, dans quelque village où tu pourras être recueilli.

— Et nous ? et nous ? pépièrent tous les oiseaux en chœur, et nous ? veux-tu nous laisser, généreuse cigogne, et ne peux-tu nous transporter aussi dans un bois, où nous trouverons asile ?

Klack fut touché de ces supplications. Mais, comment faire ? Il prendrait bien quelques mignons sur son dos ; mais, outre qu'ils seraient en danger à cause du chat, auquel il venait de promettre secours, il ne pouvait songer à les emporter tous de cette manière, et le temps lui manquait pour faire plusieurs étapes ! C'est alors que la Providence vint à l'aide de notre bon Klack en lui faisant découvrir un panier, oublié dans le fossé voisin, et dont l'anse dépassait parmi les herbes. Devant les oiseaux étonnés et le chat surpris, qui ne songeait plus à manger ses petits voisins, Klack alla chercher le panier et triomphalement s'écria :

— Mes enfants, montez tous dans cette corbeille. Toi, Minou, grimpe sur mon dos et cramponne-toi bien à mes plumes...

Et l'on vit ce bizarre spectacle d'un cigogne, planant dans les

airs, portant dans son bec un panier rempli d'oiseaux, et sur son dos un maigre chat pelé. Au bout d'une heure, on était arrivé au-dessus d'un joli bois, où Klack descendit avec son fardeau. Minou, affolé de vertige, ne demanda pas à continuer la route, trop heureux de mettre patte à terre. Après avoir remercié Klack, il se hâta vers une petite maisonnette qu'il avait remarquée, blottie à l'orée du bois.

Quant aux oiseaux, ils volèrent hors du panier que Klack avait déposé par terre et, avant même de songer à chercher nourriture

et logement, ils donnèrent un concert à Klack pour le remercier. Puis chacun s'en fut chercher une habitation dans les grands arbres, où ils furent aimablement reçus par les hôtes habituels de ces lieux. Pendant ce temps, Klack, sortant du bois, apercevait Minou qui buvait une jatte de lait, à la porte de la maisonnette ! Lui aussi avait reçu un charitable accueil. Toutes ces aventures avaient beaucoup retardé notre cigogne ; elle n'arriva donc que fort tard chez les bons Alpins, qui commençaient à être réellement inquiets. Ils ne surent jamais la bonne action faite par notre Klack durant cette journée. Seulement, le capitaine remarqua que son agent de liaison ailé avait un air encore plus content que d'habitude.

— On dirait, disait-il, que notre cigogne a, outre sa mission ordinaire, accompli quelque belle et bonne action.

Il ne pensait pas si bien dire.

Klack et le Zeppelin

Il y avait déjà plusieurs mois que Klack remplissait ses fonctions, lorsque arriva un événement qui changea brusquement la vie militaire de notre cigogne. Ce jour-là, Klack revenait comme à l'habitude, une fois son service fini, sa petite sacoche sous l'aile ; le temps était beau, malgré de grands nuages blancs qui voilaient par instant l'éclat du soleil. Notre ami planait, selon sa coutume, très haut dans l'azur, lorsqu'il perçut un ronflement qui allait se rapprochant.

— Méfie-toi, cigogne, c'est un zeppelin, lui jeta au passage un oiseau.

Les zeppelins ! Klack les connaissait pour les avoir vus souvent évoluer en Alsace ! Que de fois il avait été agacé par leur présence au-dessus de Strasbourg, tout près de la belle cathédrale ! Le Zx, monstre gris et lourd, avançait toujours, avec son vronvronvron méchant. Sans peur, Klack le regardait venir.

Cette rencontre avec l'ennemi, dans ce beau ciel de France, avait pour notre héros je ne sais quoi de tragique et de grand ! La haine remplissait les yeux de Klack qui, brusquement, d'un seul coup d'aile, fonça sur le zeppelin. Que se passa-t-il ? Sur le dos énorme du monstre, Klack s'acharnait. Ce n'était plus notre Klack si doux, le protecteur des petits réfugiés. C'était Klack terrible, vengeur ! On eût dit, non plus une cigogne, mais dix, mais vingt ! Ses forces se décuplaient, son fin bec rouge devenait plus résistant que du fer.

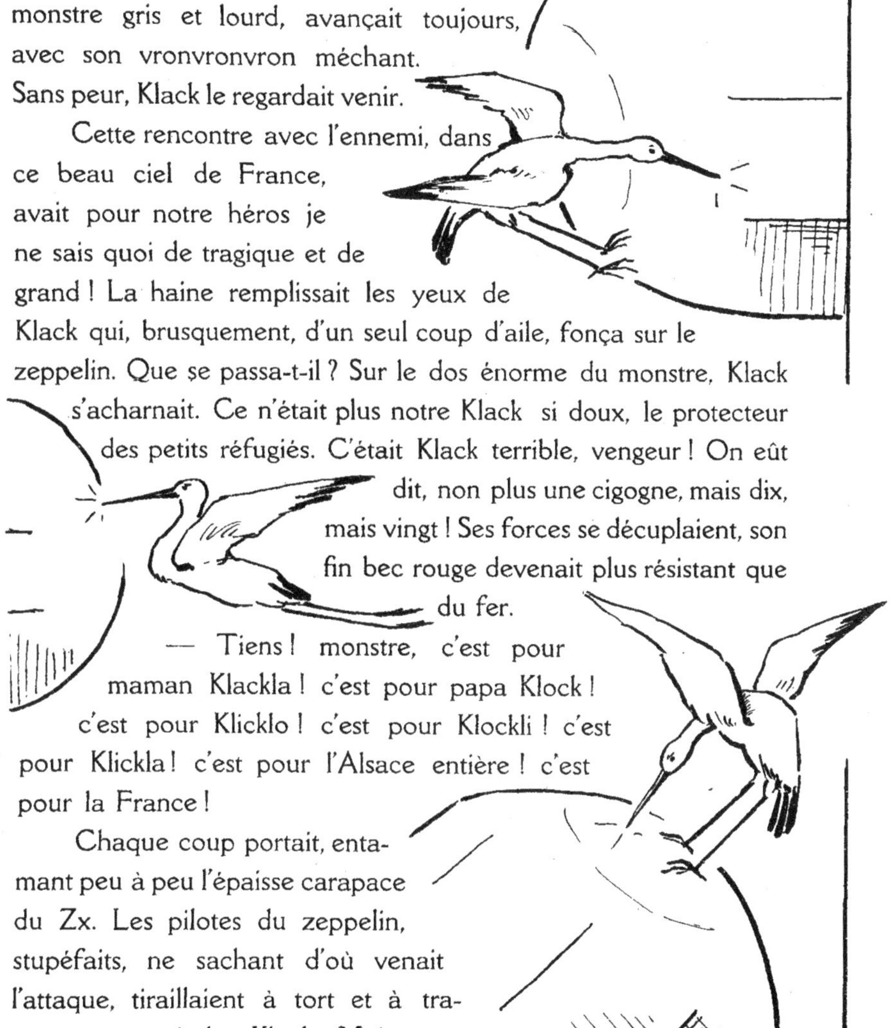

— Tiens ! monstre, c'est pour maman Klackla ! c'est pour papa Klock ! c'est pour Klicklo ! c'est pour Klockli ! c'est pour Klickla ! c'est pour l'Alsace entière ! c'est pour la France !

Chaque coup portait, entamant peu à peu l'épaisse carapace du Zx. Les pilotes du zeppelin, stupéfaits, ne sachant d'où venait l'attaque, tiraillaient à tort et à travers sans atteindre Klack. Mais notre

ami s'épuisait : le sang coulait de ses pattes, son bec se faussait. Soudain, l'enveloppe du zeppelin se déchira, laissant échapper un gaz nauséabond. Klack, reculant, réussit à s'éloigner de quelques mètres, mais une balle allemande l'atteignit à l'aile et, blessé, il s'affaissa dans l'air bleu.

Presque au même moment, une explosion terrible ébranla l'air; le zeppelin, frappé à nouveau, alla s'abîmer dans l'espace ! Qui a donné ce dernier coup au monstre déjà mortellement blessé par Klack ? C'est un aviateur français, monté sur son monoplan ; de loin, il avait assisté au drame et il était accouru de toute la vitesse de son moteur ! A présent, il descend, il rejoint Klack qui, malgré la douleur que lui cause sa blessure, a réussi à se soutenir. Il est heureux, notre Klack, infiniment heureux, car son regard éteint avait vu la chute de l'ennemi ! « Viens, cigogne héroïque, viens, n'aie pas peur ! » C'est l'aviateur qui l'appelle, il est tout près. Oh ! il ne songe pas à s'enfuir, notre Klack ; l'aviateur réussit à le prendre et à le coucher près de lui... Le moteur ronfle, le monoplan s'éloigne et disparaît à l'horizon, emportant Klack qui a perdu connaissance !...

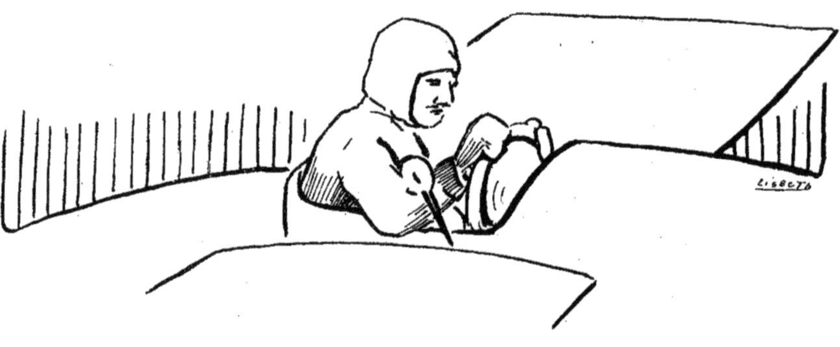

à l'Ambulance

La première impression de Klack, en revenant à la vie, fut une impression d'extraordinaire bien-être. Mon Dieu, qu'il faisait bon et chaud ! Klack retrouvait en foule les souvenirs de sa petite enfance ; il croyait être encore dans le dodo que papa Nickel lui avait installé derrière le grand poêle. Notre cigogne ouvrit les yeux, s'attendant presque à revoir les chères figures des Nickel, l'horizon familier de la vieille cuisine. Mais voilà qu'au lieu de toutes ces choses, Klack entrevit une grande salle, éclairée par une quantité de fenêtres à rideaux blancs, une rangée de lits aussi blancs que les rideaux ; dans ces lits, de vagues formes qu'il ne put définir..., et tout cela se reflétait sur le parquet, poli comme un miroir, dont Klack n'apercevait qu'une partie.

Autour du lit de notre héros, car Klack était couché dans un lit, si extraordinaire que cela puisse paraître, se trouvaient un officier et trois belles jeunes femmes vêtues de longues blouses blanches. Klack fit un mouvement de surprise : que signifiait tout cela, où

était-il ?... Il ressentit alors une grande douleur à la tête et à l'aile. Il se souvint... Le ciel bleu, le zeppelin..., l'avion français... Il sentit de douces mains qui effleuraient ses plumes...

C'était dans une ambulance, à l'arrière du front, que l'aviateur avait transporté notre ami. Il serait superflu de dire quelle fut l'admiration des infirmières et du major, au récit que fit l'aviateur de la prouesse accomplie par Klack. Toute l'ambulance connut son haut fait et s'intéressa à la brave cigogne. C'est ainsi que Klack, porté avec mille précautions sur un brancard, fut couché dans un beau lit blanc où nous l'avons trouvé au début de ce chapitre. Notre pauvre ami avait une aile fracturée et les pattes et la tête fort endommagées, ce qui nécessita les soins minutieux des bonnes infirmières.

De longs jours, Klack resta dans son lit, immobile ; cependant, il ne s'ennuyait pas. Il s'intéressait à ses voisins, les blessés, qui avaient d'ailleurs pour lui une grande affection. Leurs conversations l'enthousiasmaient. C'était avec un plaisir toujours grandissant que notre ami apprenait de nouveaux détails sur notre belle victoire de la Marne de laquelle il avait tant entendu parler par les vaillants soldats d'Alsace ! A vrai dire, notre Klack regrettait beaucoup ses braves Alpins ; il devinait leur inquiétude à son sujet, et regrettait aussi de ne pouvoir de suite reprendre son service.

Cependant, la pensée d'avoir causé la mort du gros zeppelin et la fierté que lui donnaient ses blessures glorieuses le remplissaient d'une bien douce joie !... Notre héros était un soir, comme à l'ordinaire, bien tranquille dans son lit, lorsque la porte qui lui faisait face s'ouvrit, livrant passage à un officier, au major et à plusieurs infirmières qui vinrent près de la couchette de Klack. Ce dernier

reconnut alors que l'officier était tout simplement l'aviateur qui l'avait secouru, et il fut bien content de le revoir !... Et voici que ce nouveau venu tenait dans sa main une petite boîte qu'il ouvrit. Klack crut qu'il s'agissait d'une friandise, mais pas du tout, c'était, ô merveille ! Klack n'osait en croire ses yeux, c'était une ravissante reproduction de la Croix de guerre ! La Croix des braves ! Et cette croix était pour Klack ! pour Klack qui n'entendait même pas, tant il était ému, les éloges que tous faisaient de son exploit.

Les blessés s'étaient approchés ; quelques infirmières se joignirent à celles qui entouraient Klack. L'une de ces dernières passa le ruban vert et rouge de la croix sur un joli cordon, et l'aviateur lui-même attacha le tout autour du cou fin de Klack ! Dans les bras d'un blessé convalescent, Klack, paré de son noble insigne, fit le tour de l'ambulance, recevant sur ses blanches plumes les baisers de tous !

Le printemps de l'année 1915 était venu, et Klack, que tous dans l'ambulance avaient surnommé « Monoplan » en souvenir de sa glorieuse aventure, Klack commençait à se servir de petites béquilles, confectionnées à son intention. Lorsque les journées étaient belles, notre Klack sortait dans le jardin de l'ambulance ; là, il se promenait en compagnie de son nouvel ami que je vous présente : Sidi-Boum, superbe Sénégalais, amputé d'un bras.

Klack et Sidi-Boum s'entendaient à merveille, peut-être par la loi des contrastes, peut-être aussi parce que le nègre venait de ces pays lointains dont maman Klackla et papa Klock parlaient à leurs petits cigognots ! Sidi-Boum, naïf, tenait de longs discours à Monoplan, ne doutant pas qu'une si merveilleuse cigogne ne comprît parfaitement son langage d'un français plus que fantaisiste ! Klack passait donc avec son ami d'excellents moments.

C'est ainsi que nous les trouvons tous deux par une belle après-midi. Sidi-Boum faisait ses confidences à Monoplan.

— Pauvre nègre, infirmières, toubib, camarades bien bons, donner cigarettes, cigares à Sidi, mais Sidi malheureux tout de même ; Sidi bien pauvre, pas avoir argent pour acheter quoi faire pitit commerce à Quiqui el Coco.

Ce désir d'acheter un pitit commerce lui était venu un beau jour et ne l'avait plus quitté. Il en rêvait. Pourtant, chose étrange, jamais Sidi-Boum n'avait fait part de ses ambitions à qui que ce fût, pas même aux infirmières si bonnes ; et, jusque-là, il avait cherché dans son cerveau de grand bébé le moyen de ramasser le pécule nécessaire. Cependant, ne trouvant pas, il faisait ses doléances à notre Klack.

— Pitit Monoplan, li très malin, li sortir pauvre nègre d'embarras, avait-il conclu en caressant presque avec dévotion notre Klack, pour lequel, outre son admiration, il professait une confiance sans limite !

En effet, le soir même, avant de s'endormir, Klack avait trouvé le moyen de procurer l'argent nécessaire à Sidi-Boum.

La semaine qui suivit, Klack décida de mettre son projet à

exécution. Donc, le matin, dès que la porte fut ouverte, Klack sortit. Il avait l'habitude de ces promenades matinales, aussi nul ne songea à s'étonner. Sans hésiter, il s'envola !

Longtemps, il alla, ne ressentant presque pas la fatigue et s'élevant de plus en plus haut à mesure qu'approchait le bruit du canon. Sans s'arrêter au-dessus de nos lignes, il gagna les lignes allemandes. Heureusement pour notre Klack, la lutte d'artillerie n'était pas violente en ce moment. Avec prudence, car il ne s'agissait pas de se faire prendre, il descendit. Il se dissimula de son mieux, et observa

ce qui se passait. Tout près de lui, dans la tranchée boche, Klack remarqua plusieurs officiers, accompagnant un jeune prince en grande tenue, qui faisait à ses soldats l'honneur de sa visite ! Il était d'une remarquable laideur, ce qui fit penser à Klack que ce devait être le Kronprinz ! « Décidément, se dit notre ami, la chance me favorise, et la casquette de ce vilain personnage vaudra encore mieux que le casque d'un de ses soldats. » Après cette extraordinaire réflexion, notre cigogne s'éleva à nouveau sans attirer l'attention de l'ennemi, puis, lorsqu'elle fut à peu près en ligne droite au-dessus du prince boche, elle descendit rapidement. Avant qu'il ait eu le temps de s'en rendre compte, le supposé Kronprinz se trouva décoiffé. Et, bien haut dans le ciel, Klack, échappant à l'artillerie boche qui faisait rage, s'en allait, emportant la fameuse casquette marquée d'une tête de mort.

— Voilà Monoplan ! le voilà !

En effet, la cigogne atterrissait dans le jardin de l'ambulance, chargée de son fardeau.

— Mais, que porte-t-il donc ?

Et chacun d'examiner curieusement le trophée que Klack serrait dans son bec !

— Donne, petite ! donne, Monoplan !

Mais Monoplan ne lâchait pas sa proie, et force fut d'observer seulement ce qu'il allait faire. Sidi était accouru ; alors Klack, solennellement, déposa dans la main du noir, qui avait compris, la coiffure boche. Et Sidi-Boum d'agiter au bout de son bras le couvre-chef prussien.

— Qui veut li ? pour deux francs, pour cinq francs ?

Et tous, blessés, infirmières et major, firent bientôt monter l'enchère, et c'était à qui posséderait la casquette des hussards de la Mort, si merveilleusement apportée par Monoplan ! C'est de cette façon que Sidi-Boum, ce soir-là, vit se réaliser son rêve de fortune ; sur le beau billet bleu, qui représentait à ses yeux une somme fabuleuse, il voyait se dessiner la petite boutique qui allait faire de lui, Sidi-Boum, un des plus gros marchands de Quiqui el Coco !

Vie de Tranchée

Klack fut bientôt parfaitement rétabli ; il n'eut plus alors qu'une idée, celle de reprendre son service dans les Vosges. Il quitta donc l'ambulance, de laquelle il devait toujours garder un si excellent souvenir. Hélas ! une grande déception attendait notre ami : il chercha en vain ses bons Alpins !... Il y avait beaucoup de troupes en Alsace, mais Klack ne retrouva pas sa chère compagnie, qui entre-temps avait changé de secteur. Sans doute, notre Klack, qui avait rempli beaucoup de missions dans les Vosges, eût-il pu chercher à se faire reconnaître, mais ne valait-il pas mieux qu'il retourne à l'ambulance, afin de repartir avec un de ses amis les blessés qui avait beaucoup désiré prendre avec lui sur le front le gentil Monoplan ?

C'est à quoi se décida Klack, non pourtant sans quelque regret, et c'est pourquoi, peu de temps après, le fantassin Bidoche partait pour les tranchées, dans la Champagne, en compagnie de notre cigogne. Comme l'on s'en souvient, Klack avait été porté à l'ambulance avec sa petite sacoche, aussi, de retour au front, on lui fit naturellement reprendre son service. Ce fut un vrai bonheur pour notre cigogne ; à travers les chemins tortueux des tranchées, des boyaux, elle allait transmettre les ordres qu'on lui mettait dans sa gibecière.

D'autres fois, Klack allait à l'arrière de nos lignes. Un jour qu'il était allé porter son précieux courrier à une compagnie campée à quelques kilomètres, il rencontra un chien sanitaire. C'était, ma foi, un beau toutou à la mine fort intelligente, mais un peu infatué de lui-même.

— Bonjour, Clebs ! salua poliment Klack !

— Bonjour, grand oiseau, grogna le chien, qui n'avait jamais vu de cigogne. Qu'est-ce que tu fais ici ? embusqué sans doute ?

Par exemple ! embusqué ! lui Klack ! Il fallait donner une leçon à ce vilain Clebs qui l'injuriait de la sorte. Alors Klack, fièrement, souleva une de ses grandes ailes, et la Croix de guerre apparut ; car c'est ainsi que Monoplan portait en campagne sa noble décoration, Le résultat ne se fit pas attendre. Le toutou se dressa, fit le beau et militairement porta sa patte droite à l'oreille !

— Faites excuse, mon Commandant, balbutia-t-il dans sa moustache de poils rudes, tandis que Klack fièrement s'éloignait et prenait son vol !...

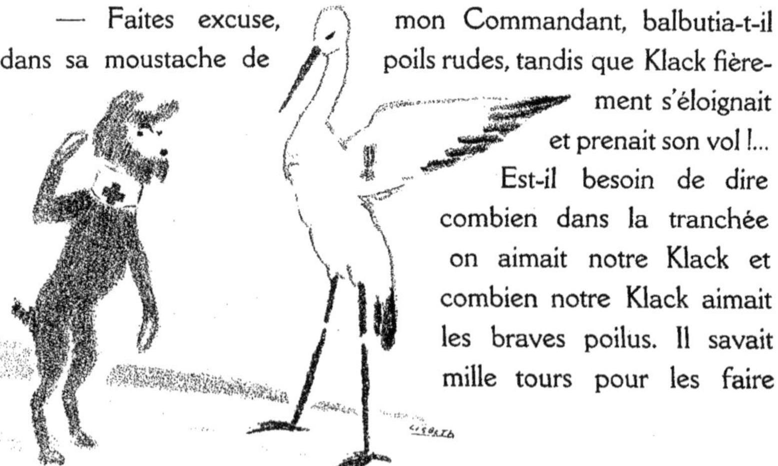

Est-il besoin de dire combien dans la tranchée on aimait notre Klack et combien notre Klack aimait les braves poilus. Il savait mille tours pour les faire rire : l'un d'eux consistait à lever ses deux ailes en les agitant à la manière des Boches qui crient : « Kamerad ! » Mais le plus beau succès que Klack remporta fut sans contredit le jour où il tua le cafard de Bidoche. Voici dans quelles circonstances Klack se découvrit ce talent si patriotique : toute la journée il avait plu et il pleuvait encore, dans la tranchée toute ruisselante nos poilus étaient mélancoliques, surtout Bidoche, et tous de lui dire :

— T'as l'cafard, Bidoche, t'as l'cafard !

Non loin de là, perché sur une patte, Klack écoutait et se demandait : « Qu'est-ce que cela veut dire ? pourquoi un cafard rend-il Bidoche si morose ? » Chez les Nickel on appelait les Boches : Schwob (cafard) ; cela devait être quelque insecte prussien qui tourmentait ainsi ce pauvre poilu. Et voilà que sur la paroi mouillée, tout près de Bidoche, un cafard noir passa ! Oh ! mes amis ! d'un bond Klack s'était élancé et, pique, pique, perça de la pointe de son bec l'horrible bête noire et luisante.

Un éclat de rire général partit de la tranchée, tous riaient à gorge déployée et Bidoche s'en tenait les côtes !

— Il a tué le cafard ! vive Monoplan ! Hé Bidoche, il a tué le cafard !

L'incident fit fortune et depuis ce jour ni Bidoche ni les autres poilus n'eurent le cafard, et je vous réponds que s'il s'en était présenté un autre, il aurait su à qui il avait affaire.

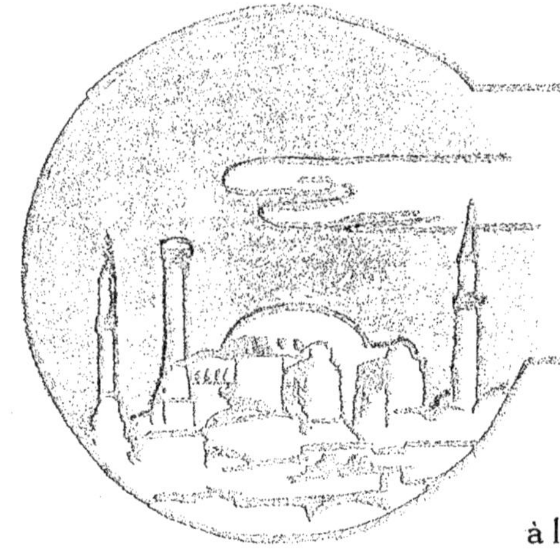

En Orient

Les mois d'été se passèrent, Klack prit part avec nos braves à la belle victoire de Champagne. Plusieurs fois il fut blessé, mais très légèrement, et vite guéri par les bons soins de ses amis les poilus, Klack ne resta jamais longtemps sans faire son service.

Cependant l'hiver arriva et avec lui le froid, la pluie, la neige. Klack souffrit beaucoup de la mauvaise saison ! Les bons poilus, voyant qu'il dépérissait, résolurent de le renvoyer au repos à l'arrière. D'ailleurs Bidoche allait partir en permission et prendrait avec lui notre Monoplan. Mais ce projet n'était pas du goût de Klack : sans doute il aimait bien Bidoche, mais il lui déplaisait de jouer forcément à l'arrière le rôle de bête curieuse. Alors Klack eut une idée géniale ; il allait prendre sa permission, soit, mais il irait en Orient, au pays du soleil, où sa santé se rétablirait promptement et où il pourrait peut-être se rendre utile.

Klack s'envola donc un matin, alors que la canonnade s'était apaisée et bien vite dans le ciel gris il plana très haut. Il vola toute la

journée, se reposant parfois ; car notre ami était vite à bout de forces. Le soir même il était au-dessus de Paris. Quel bonheur pour lui de contempler cette belle capitale de la France. Sur les hautes tours de Notre-Dame, Klack passa la nuit, et à l'aube, il reprenait sa route.

Les jours qui suivirent, notre cigogne, ayant survolé Lyon, puis obliqué vers le sud, gagna l'Italie et passa successivement au-dessus de Florence et de Rome, survolant ensuite l'Adriatique elle gagna la Turquie...

Une après-midi, sur la route de Monastir, Klack atterrit, intrigué par les constructions bizarres, qui ne ressemblaient en rien aux habitations du pays. Des soldats français campaient là et c'étaient sans doute eux qui avaient bâti ces étranges maisonnettes faites de terre et de planches. Et voilà que Klack, qui s'était approché, entendit parler, ô merveille, le bien-aimé dialecte alsacien : « Lue n'mol e Storick. » Par exemple ! où avait-il entendu cette voix ? Klack eut soudain la vision des Nickel ! Mais oui, c'était l'un deux là-bas, près d'une des maisonnettes de terre, qui avait poussé cette exclamation. Mais oui, c'était le grand Louis Nickel ! Louis Nickel, soldat français en Macédoine !

Les deux ailes ouvertes, notre héros s'élança vers le grand Louis qui reconnut de suite la brave cigogne, mais ne put s'expliquer la présence, en ce pays, de leur petite Storick ! On peut s'imaginer sans peine les bons moments que Klack passa dans la villa « Strasbourg » : c'est ainsi que Nickel avait baptisé la plus jolie maison rustique construite par lui et ses camarades. Notre cigogne eut la grande joie d'apprendre par Louis que la famille d'Ixheim se portait bien ; ces bonnes nouvelles étaient venues par la Suisse, puisque, hélas ! Ixheim était encore en Alsace annexée ! Klack passa quelques heureux jours avec Nickel et les autres soldats.

Cependant notre ami ne restait pas inactif, il aidait nos braves à creuser des trous dans la terre, seul moyen d'avoir de l'eau. Et puis Klack, dont la santé se rétablissait, commença à faire quelques randonnées ; dans les premiers jours de janvier 1916 il alla même près de Constantinople. C'est là qu'il fit une rencontre qui, comme nous le verrons bientôt, devait avoir d'excellentes conséquences. Klack approchait de la belle ville qui brillait au soleil comme une jonchée de diamants, le long de la côte que le Bosphore caressait de ses eaux claires et courantes. Klack descendit tout près ; Constantinople dressait dans le ciel bleu ses élégants minarets. C'est alors que Klack vit deux belles cigognes ; on se salua au passage :

— Bonjour, ami ! Quel temps superbe, magnifique ! Si nous faisions route ensemble !

— Très volontiers.

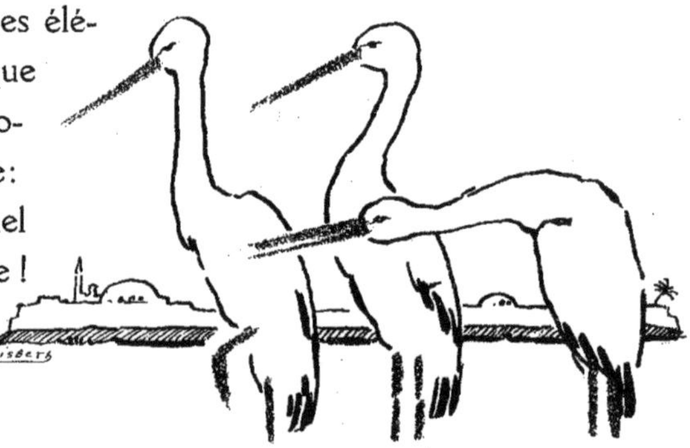

Et la conversation s'engagea. Klack apprit que Lack et Lick venaient d'Égypte et cherchaient aventure en Orient ; notre héros raconta lui-même les péripéties de son existence. Il leur parla de la haine qu'il avait pour les Boches, pour ce peuple sans honneur, pour ces barbares maudits qui avaient déchaîné dans le monde une guerre si terrible, il leur dit avec enthousiasme son amour pour l'Alsace. A ce propos Lack raconta que ses grands-parents avaient habité Strasbourg, mais qu'ils avaient péri lors du bombardement de 1870. Klack dit aussi son amour pour la France si grande, si belle ! pour son armée si héroïque et si noble ! Savez-vous ce qui résulta de cette

conversation entre Klack, Lick et Lack ? Eh bien ! huit jours après Klack faisait ses adieux au bon Louis Nickel et, avec ses deux nouveaux amis, il regagnait la France !

Une idée de Klack

Ce fut un événement pour nos poilus que l'arrivée des trois cigognes. Bien vite ils furent convaincus de la valeur des deux nouvelles recrues, qui furent bientôt chargées, elles aussi, de missions de confiance, bien que les plus périlleuses fussent toujours réservées à Klack qui avait donné tant de preuves de son extraordinaire courage ! Cependant, notre héros n'était pas parfaitement satisfait, il eût voulu accomplir un nouvel exploit. Oh ! non pas par orgueil, mais pour venger, lui semblait-il, plus effectivement ses chers disparus.

Or les circonstances ne devaient pas tarder de lui en fournir l'occasion... Après une vigoureuse attaque, nos poilus avaient réussi à déloger l'ennemi de ses positions, et les Boches, furieux, avaient été contraints de se replier dans un bois. Ils nous bombardaient avec rage : c'était un véritable ouragan de fer et de feu ! Le capitaine de notre batterie était perplexe. Avec ce feu intense, pas moyen d'assurer les grosses pièces ! comment faire ? Klack qui, perché sur une patte, avait entendu les propos du chef, fut pris d'une idée subite et doucement s'éloigna.

Il alla trouver Lick et Lack, qui étaient blottis derrière un sac de terre.

— Mes petits, leur dit-il, voilà le moment venu de jouer un sale tour aux Boches, suivez-moi, et vive la France !

Alors, en rampant, en se traînant sur le sol, en se dissimulant derrière chaque bosse de terrain, nos trois cigognes gagnèrent les bords d'un entonnoir énorme creusé par un obus boche, et que Klack avait aperçu à quelques mètres seulement de l'ennemi !... L'une après l'autre, elles se laissèrent glisser au fond : il était temps. Au-dessus de leur tête, rasant le bord de l'entonnoir, les balles passaient avec un crépitement furieux.

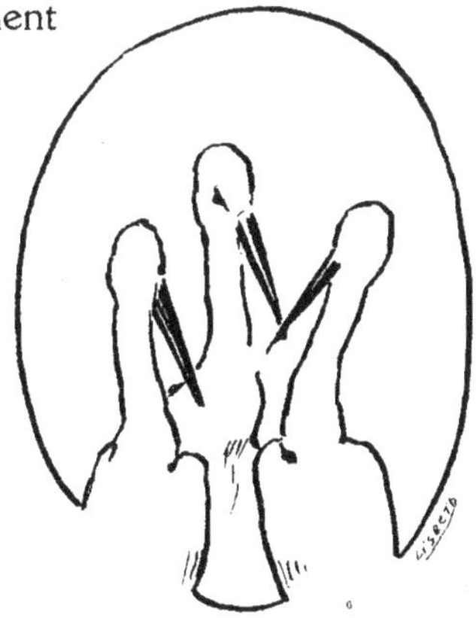

Rapidement Klack donna ses instructions et alors on entendit un bruit analogue au tac-tac de nos mitrailleuses : nos trois cigognes claquaient du bec en cadence : « Lack-lack, lack-lack-lack..., lack-lack-lack... lack-lack-lack...

A dix mètres, deux Brandebourgeois, tapis dans leur tranchée, entendirent ce nouveau bruit : « Par le Kaiser, on dirait une mitrailleuse tout près de là. » Les deux Boches s'en furent rejoindre leurs kamerades pour leur faire part de leurs soupçons. Ils furent bientôt une dizaine à écouter l'étrange claquement. Tantôt ils avaient l'impression qu'une troupe d'hommes s'avançant faisait craquer des branches mortes sous ses pas ; tantôt ils avaient la hantise que l'on frappait sous terre tout près d'eux, et ils se demandaient avec terreur s'ils n'allaient pas tous sauter, ou bien ils étaient persuadés d'entendre le claquement sec d'une mitrailleuse...

Nos 75 faisaient rage, les Boches eurent, dans les premières lignes, un instant de panique, ils avaient prévenu leurs chefs que les Franzos, par un véritable sortilège, avaient caché, non loin, une mitrailleuse... Ils furent d'abord traités de fous, et plusieurs, voulant se

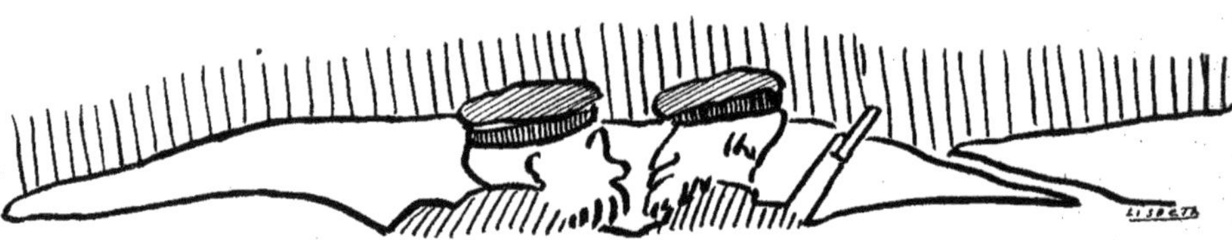

rendre compte de la chose, payèrent de leur vie leur témérité. Alors les Teutons, affolés par la rage, changèrent le tir de leur batterie et, boum, boum, boum, canonnèrent dans la direction de nos trois cigognes qui continuaient héroïquement à claquer du bec, malgré la terre qui volait autour d'elles et la mitraille qui leur frôlait les plumes.

Nos poilus heureux, mais ne s'expliquant pas le changement de direction du tir boche, profitèrent bien vite de l'accalmie relative qui régnait à présent de leur côté pour amener les grosses pièces, ce

dont l'ennemi, acharné après la mitrailleuse fantôme, ne s'aperçut pas. Soudain... un bruit formidable, une explosion gigantesque... ce qui restait du bois, les Boches, les canons boches, tout sauta !... Quel beau nettoyage ! Klack, Lick et Lack, à moitié enterrés par le bouleversement, riaient à bec déployé !

Enfin, nos amis se dégagèrent et s'en furent rejoindre nos braves poilus, qui ne se doutèrent jamais que la victoire remportée ce jour-là, ils la devaient à l'héroïque idée de notre Klack et au dévouement de trois cigognes !

Klack Prisonnier

C'est par une belle nuit d'automne que nous retrouvons Klack, peu de semaines après la dernière aventure que nous venons de raconter. La grosse voix du canon troublait par moment le silence, Klack rêvait en regardant les étoiles, il rêvait à sa bien-aimée Alsace, aux bons Nickel, qu'il serait si heureux de revoir. Mais, notre cigogne avait bien juré de ne retourner au pays natal que lorsqu'il serait à jamais délivré des barbares teutons. Soudain, Klack entendit un bruit à peine perceptible : c'était comme un frôlement de feuilles. Klack regarda dans la direction du bruit, là-bas à droite. Ah mais ! pense notre héros, on dirait un buisson qui marche... C'est l'ennemi qui veut nous surprendre ; alors, n'écoutant que son courage, il s'élança en claquant du bec, donnant ainsi l'alerte à nos poilus.

C'était bien des Boches, dissimulés derrière du feuillage coupé, s'avançant avec prudence vers nos lignes. D'un élan Klack était sur le faux buisson, distribuant à travers les branches de bons coups de bec. Les Boches surpris de cette attaque tentèrent de rebrousser chemin ; mais déjà nos poilus étaient sur eux. Hélas ! quelques-uns des fuyards réussirent à s'échapper et regagnèrent les tranchées boches, emportant le malheureux Klack. Klack aux mains des Prussiens !

Qu'allait-il advenir de notre héros ?... On commença par lui ficeler les pattes et les ailes, puis, après l'avoir jeté dans un coin, ces messieurs les Boches délibérèrent. Un lieutenant, qui avait le physique d'un singe, décida de tuer sur-le-champ cette horrible cigogne, cause de l'échec de leur plan. Mais le capitaine von Knödl ne fut pas de cet avis et Klack apprit qu'il serait renvoyé à l'arrière et engraissé : une fois gros et gras il serait expédié à Berlin pour figurer sur la table impériale. Klack frissonna à cette horrible pensée ! Lui, cigogne d'Alsace, mangé par ce monstre de Kaiser !...

Quelques heures après, notre ami était enfermé dans la cave noire d'une maison à moitié démolie, dans un village occupé par les Boches !... C'est là que Klack passa de longs jours de captivité ; matin et soir on lui apportait une copieuse nourriture. Les premiers jours, Klack pensa se laisser mourir de faim ; mais, bien vite, notre courageuse cigogne se ravisa et se mit à bâtir mille plans d'évasion. Malheureusement Klack était soumis à une surveillance active ; et que pouvait faire l'infortunée cigogne dont les ailes étaient solidement liées ?

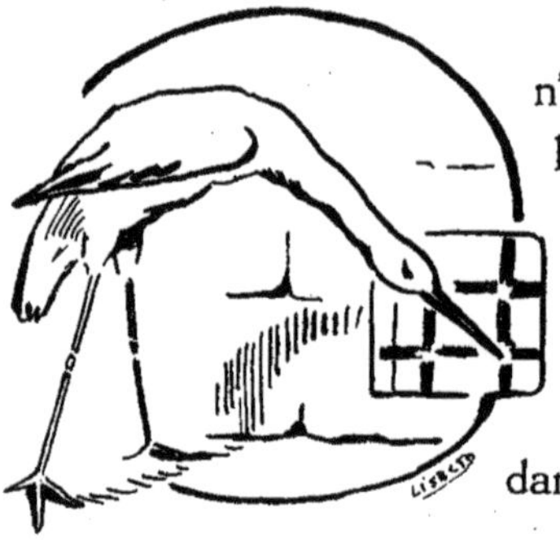

Un soir, Klack songeait tristement, n'espérant plus que dans la Providence, lorsqu'un claquement se fit entendre, venant d'en haut, par le soupirail grillé ! le claquement disait : « C'est toi Klack ? » C'était Lick.

— Oui, c'est moi, ils m'ont enfermé dans cette vilaine cave.

— Qu'importe, je te délivrerai, nous avions tellement peur qu'ils ne te tuent !

— Que penses-tu faire, Lick ?

— Écoute, Klack, ces murs ne me paraissent pas très solides, je vais essayer de déchausser la grosse pierre près du soupirail, je reviendrai tous les soirs avec Lack et à nous deux nous avancerons la besogne jusqu'à ce que la pierre cède et que tu puisses t'échapper.

Klack ne se sentait pas de joie ; il recommanda à Lick une prudence extrême, lui indiquant les heures où nulle surprise de l'ennemi ne serait à redouter.

Ainsi fut fait. Lick et Lack vinrent donc toutes les nuits. Du bec ils déchaussaient la lourde pierre, masquant avant de partir leur travail avec du plâtras, afin que leur entreprise ne fût pas découverte. Enfin, une nuit, la pierre tomba dans la cave avec un bruit sourd, heureusement sans éveiller l'attention des Boches. Notre ami put alors se laisser aller à toute l'ivresse que lui donnait l'impression de la liberté si proche ! Lick descendit dans la cave par l'ouverture improvisée et, avec son bec, défit les liens qui retenaient les ailes de Klack !...

Deux minutes plus tard nos trois cigognes planaient dans le ciel scintillant d'étoiles... Et le lendemain, le lieutenant simiesque avait la pénible mission d'annoncer au capitaine von Knödl que le futur régal du Kaiser s'était envolé !

Le retour de Klack fut joyeusement fêté par nos poilus, par Bidoche surtout qui avait déjà pleuré la disparition de son cher Monoplan... L'année se termina sans amener de changement dans la vie de Klack et de ses amis.

Au printemps 1917 l'héroïque armée américaine vint prendre part avec nous à la lutte gigantesque. Un camp s'établit non loin des lignes où nos trois cigognes continuaient d'accomplir avec zèle leurs habituelles fonctions. Notre Klack fut même chargé par nos nouveaux Alliés de l'instruction d'une compagnie de pigeons voyageurs : mission délicate de laquelle il sut s'acquitter avec la merveilleuse intelligence que nous lui connaissons.

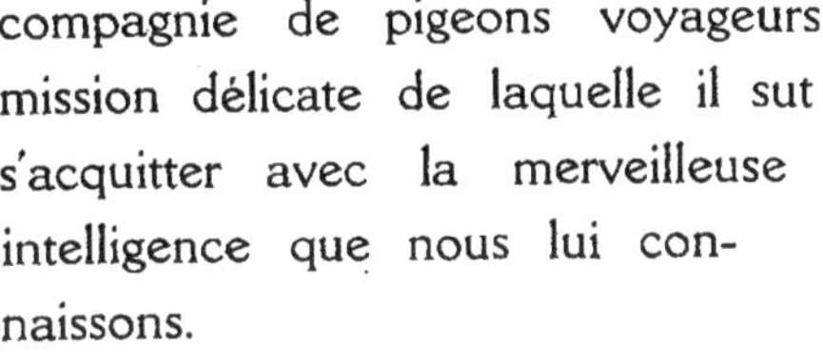

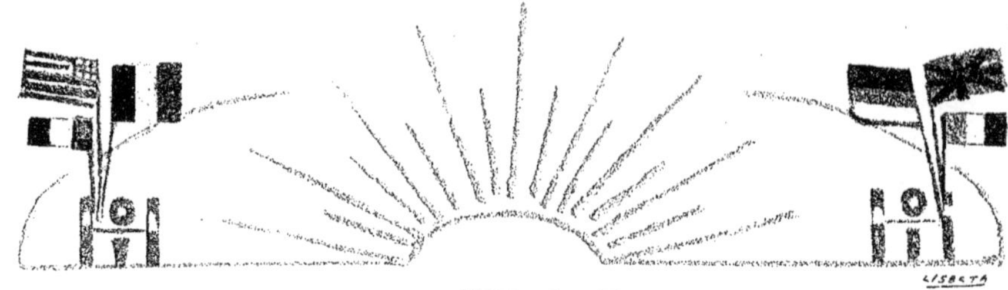

La Victoire

Et les mois s'écoulèrent et chaque jour la Victoire s'avançait, grâce à la vaillance des troupes françaises et alliées. Les Boches vaincus reculaient et le jour béni arriva où le soleil de la Victoire illumina le monde et dans son rayonnement magnifique l'Alsace et la Lorraine délivrées virent tomber leurs chaînes !... Frœschele au bord de son marais contempla la longue théorie des Boches en habits verts qui, impuissants et la rage au cœur, quittaient le sol intact du beau pays d'Alsace.

Et Klack, notre Klack, le héros de cette histoire ? Klack lui, avec Lick et Lack, entrait en Alsace à la tête de nos troupes. Il assista ravi à l'accueil délirant de joie que l'Alsace fit à la France, sa mère bien-aimée, qui revenait glorieuse chez ses enfants. Puis il jugea que sa mission était terminée, et ce fut le retour à Ixheim ! O ce retour joyeux dans le cher village, ce retour par une belle journée d'automne !... O les baisers de papa et de maman Nickel, de Hansele

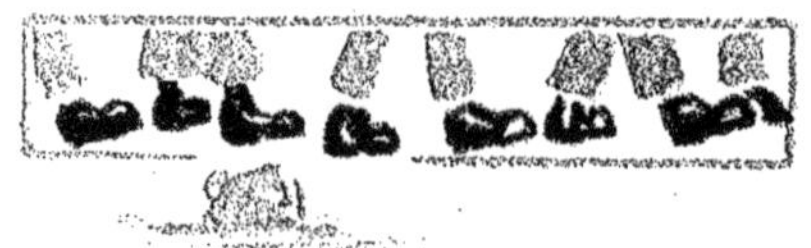

devenu grand garçon, et puis la joie, quelques semaines après, de revoir Louis Nickel qui a sur la manche un beau galon d'or !...

Klack est allé dans le jardin : au pied du rosier il s'est arrêté comme le soir où il quitta l'Alsace. Du bec il détacha de son aile la Croix de guerre, et, grattant le sol, il l'enterra sur la tombe de ses petits frères. Elle sera bien là, la noble décoration de Klack, et il semble qu'elle dira à chaque instant aux disparus : « Je suis le gage du devoir accompli par votre frère Klack. Ceux qui vous ont tués ne sont plus en Alsace, la terre où vous reposez est française pour toujours. »

. . . .

Deux ans ont passé... Venez, petits lecteurs ; entrons ensemble dans le joli village d'Ixheim, devenu Ixvilliers. Regardez les maisons, regardez surtout cette belle ferme ; à sa façade la vigne suspend de lourdes grappes dorées : c'est la ferme des Nickel. Levez les yeux ; sur l'azur du ciel se découpe la fine silhouette blanche d'une cigogne perchée sur son nid... C'est Klack ! vous l'avez deviné ; c'est Klack heureux et fier, car dans le grand nid s'agitent quatre cigognots et ces quatre mignons s'appellent : Klockli, Klockla, Klickla et Klackla.

Et voyez, une belle cigogne s'avance, c'est Madame Licklack, sœur de notre ami Lick, et qui est devenue la digne épouse de Klack ! Madame Licklack vient de se poser à côté de son mari ; tous deux contemplent tour à tour, avec une infinie tendresse, les quatre cigognots et le drapeau aux trois couleurs de France qui flotte sur la vieille église romane ! Car il flotte le drapeau chéri, il flotte dans le ciel pur et libre d'Alsace, il tressaille dans l'azur que l'aigle prussien ne troublera plus de son vol sinistre.

Il flotte sur le clocher de notre petit village, il flotte sur les cathédrales de Metz et de Strasbourg. Il flotte sur le bonheur des Nickel comme sur celui de tous les Alsaciens. Il flotte et son claquement joyeux parle un langage d'amour et de sécurité à toutes les cigognes qui bâtissent leurs nids au beau pays d'Alsace ! Mais, écoutez : « Lack-lack-lack-lack... » ; dans le grand nid, baigné de soleil, Klack raconte à ses cigognots une histoire qui est la sienne et que vous venez de lire !...

TABLE

IMPRIMERIE BERGER-LEVRAULT, NANCY-PARIS-STRASBOURG

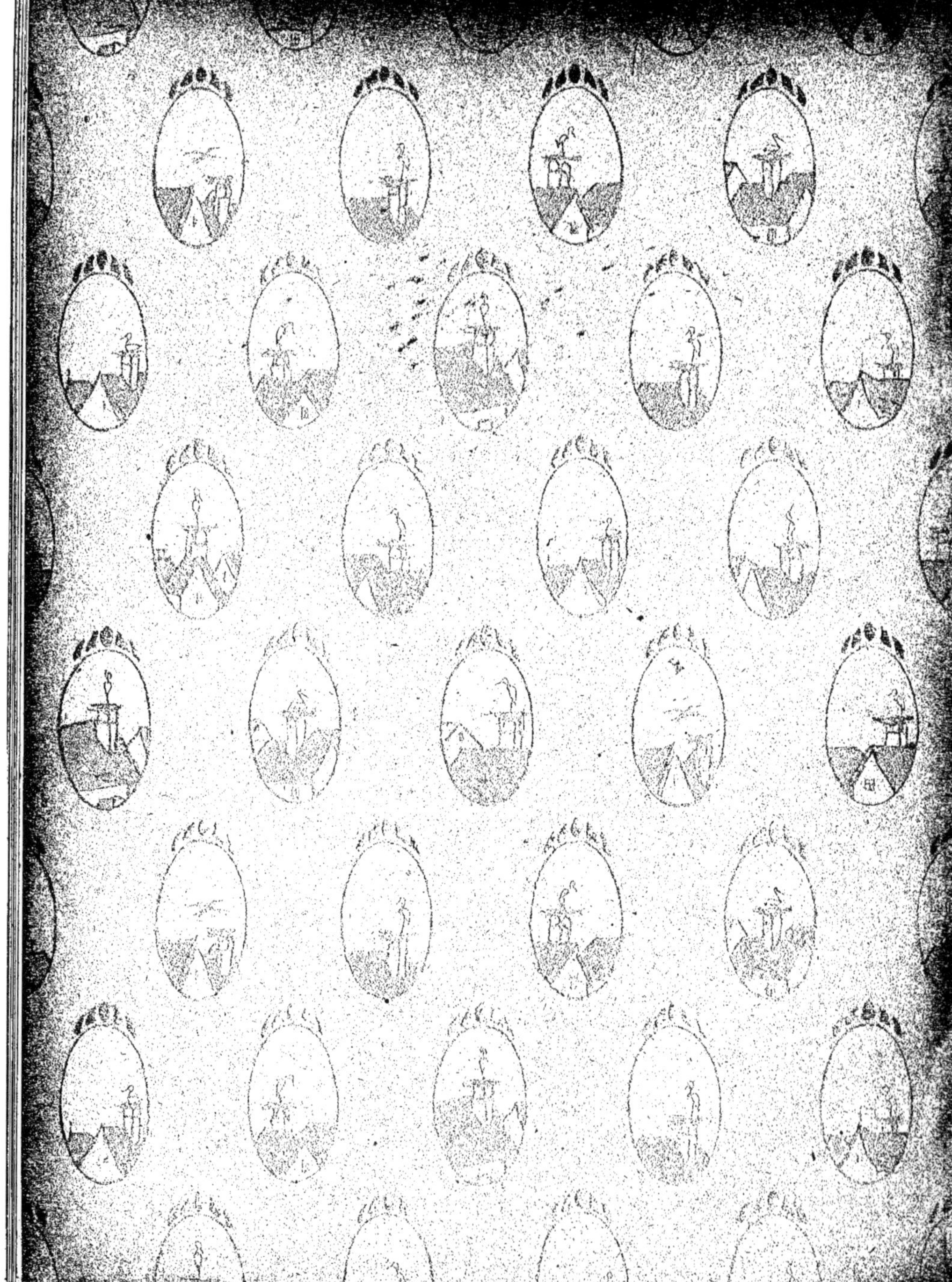

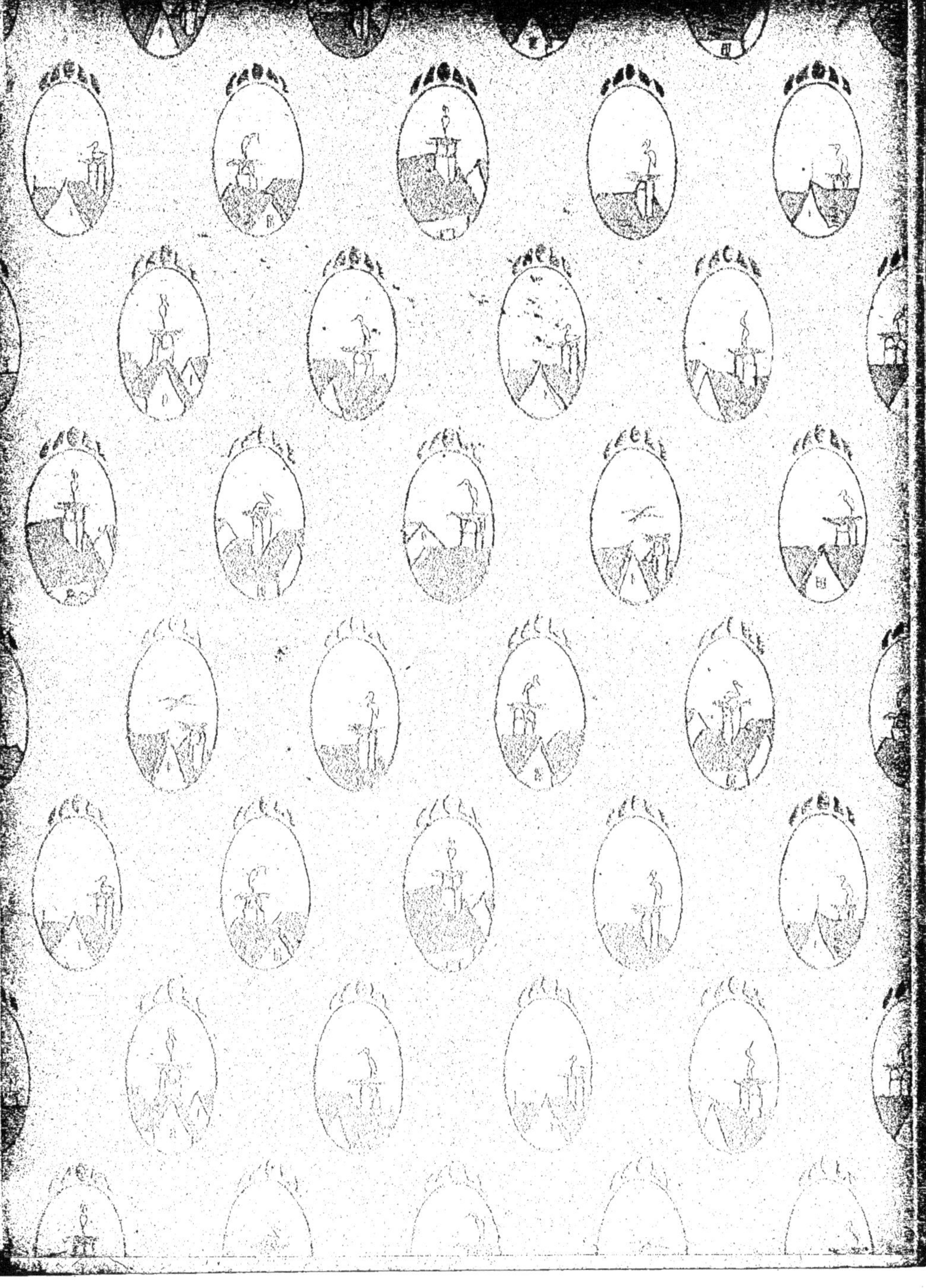

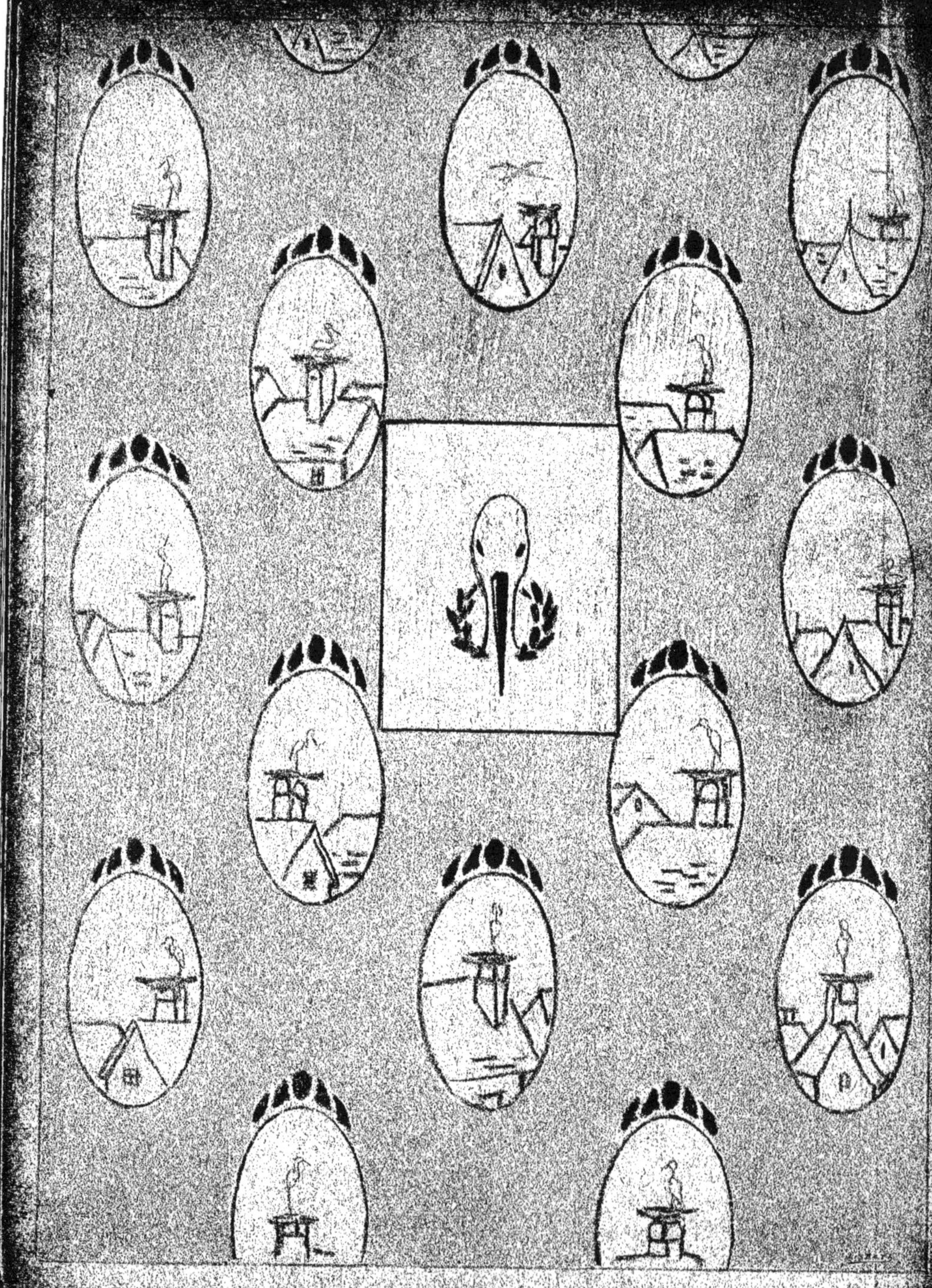

www.ingramcontent.com/pod-product-compliance
Ingram Content Group UK Ltd.
Pitfield, Milton Keynes, MK11 3LW, UK
UKHW021137230726
13926UKWH00002B/862

9 782013 677202